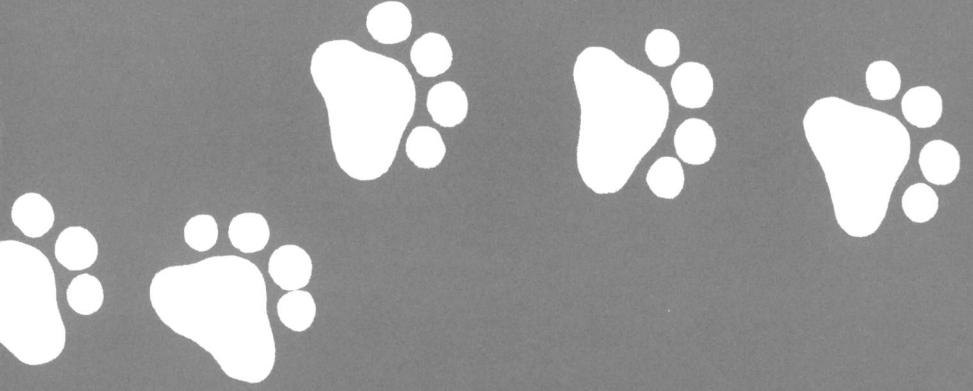

ねこの手《て》かします

内田麟太郎・作　　川端理絵・絵

「いそがしくて　いそがしくて　ねこの手《て》も　かりたい。」
と、そばやの　しゅじんが　いっています。
あるんです。その　ねこの手《て》を　かす　かいしゃが。
なまえも「ねこの手《て》や」。

ろじを　はあはあ　かけていく　おとこが　いました。でっぷり　ふとった　からだ。みじかい　あし。けいさつしょちょうです。

（だれも、みてないな。）

しょちょうは　あしを　とめ、あたりを　うかがうと……。

さっと　のれんを　くぐりました。おちゃと　まんじゅうの　みせ「ねこの　ひるね」です。

まんじゅう
ねこの ひるね
しょちょう

「いらっしゃいませ。」

おくから　こえが　しました。

おんなしゅじんの　たまこさんです。

「おちゃと……。それから　ねこじたまんじゅうを

ひとつ。」

ろじを　かけてきた　しょちょうは、あらい　い

きを　はきました。

「ねこじたまんじゅうですね。」
たまこさんは　目《め》に　わらいを　うかべながら、
みせの　のれんを　おろしました。
きょうは　「おやすみ」の　しるしです。
――ねこじたまんじゅう。
あいことばでした。
「ねこの手《て》を　かりたい。」という。
「それで、どんな　ねこの手《て》に

ごようなのでしょうか。」

たまこさんは、 へやの おくへ ちらりと 目《め》を
やりました。
きょうは、 きじねこの ケンや、 みけねこの シ
ンデレラなど、 七《しち》ひきほど ひかえています。

「ぎんこうごうとうから、
ひとじちの　むすめさんを
たすけだしたいのです。」
いいおわって、しょちょうは
すこし　うつむきました。
ねこの手《て》なんか　しんじている
のが、ちょっと　はずかしかったからです。
「それは　おこまりでしょう。」

たまこさんは、うつむいている
しょちょうに、さりげなく　つめたい　タオルを
すすめました。
「いやあ、これは　たすかります。」
しょちょうは、くびの　あせを　ふきました。
からだじゅうの　あせが
すっと　ひいていきます。

「で、どうして
このかいしゃを
ごぞんじに？
それを　おしえて
いただけません？」
たまこさんは、
しょちょうの　目《め》を　じっと　みました。
ねこの手《て》やは、ひみつの　かいしゃです。

しらべもしないで　ねこの手《て》を　かすわけには
いきません。
「はい。えいぎょうの　ねこやなぎさんから
ファックスを
いただきまして。」

「まあ、そうでしたか。」
たまこさんは、かたくしていた　目《め》を、いっぺん
に　ほころばせました。

ねこやなぎは、ゆうしゅうなえいぎょうマンでした。
これはと　おもうところにだけ、さっと　ファックスを　おくり、しごとを　とってきます。
しょちょうの　ところへも、そのように　ファックスは　とどきました。

ながびく　じけんに、
しょちょうは　いらだって
いました。
「なんとか　むすめさんを
すくいだせんのか！」
「は、ただいま。
ただいま。ただいま。」
しょちょうの　ぶかは、

おなじことを　くりかえす
だけでした。
ひとじちを　ころさせては
いけない。
けいさつは、うごくに
うごけなかったからです。

そのとき、ファックスが　おくられてきました。

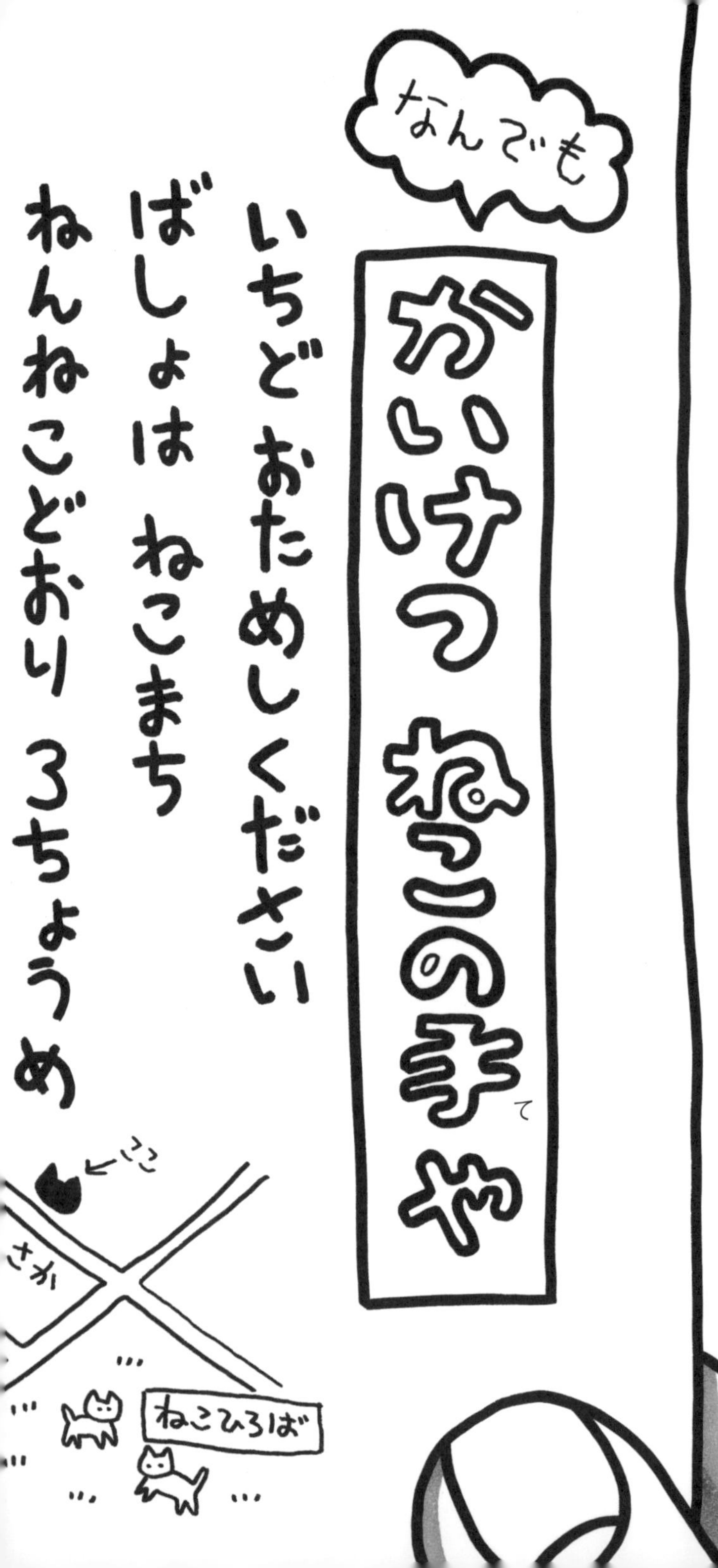
なんでも
かいけつ　ねこの手《て》や
いちど　おためしください
ばしょは　ねこまち
ねんねこどおり　3ちょうめ
ここ
さか
ねこひろば

おちゃとまんじゅうの みせ
ねこのひるね
あいことば ねこじたまんじゅう
じょうけん ひとりで
たずねてくること

えいぎょうぶ
ねこやなぎ

いうまでもなく、しょちょうは　そんなものを
しんじませんでした。
いいえ、しんじないどころか、かんかんに　おこ
りました。
「だれだ！　こんな　いたずらを　するのは！」
ファックスは、くしゃくしゃに　まるめられ、く
ずかごへ　なげすてられました。

でも……。
じけんは、さらに　ながびきました。

むすめさんが　ひとじちに　とられてから、六《ろく》じかんが　すぎ、七《しち》じかんに　なろうとしていました。

「もう　げんかいだ。」

しょちょうは　あたまを　かかえました。

ひとじちの　むすめさんは、しんぞうの　じびょうが　ありました。一《いち》びょうでも　はやく　たすけださなければ　なりません。

それなのに……。

ごうとうは、むすめさんの　あたまを、ナイフで
ぴたぴた　たたきました。
「はやく　かねと　くるまを　よういせんかい！」
と、わめきながら。
そのたびごとに、むすめさんは、ぐったり　目《め》を
とじました。

（いかん。はやくしなければ……。）

じけんげんばからの　テレビを　みて、しょちょうは　なげすてていたものを　ひろいあげました。

そして、ぶかには　いきさきも　いわず、とびだしました。

「……と　いうわけなんです。」

しょちょうは、ふかぶかと　あたまを　さげました。

「よく、わかりました。それなら　クロがいいでしょう。」

「クロ……？」

「はい、ひっかき　めいじんです。でも、ほんとうは　やさしい　ねこなんですよ。クロちゃーん。」

たまこさんは、おくへ　こえを　かけました。

「へい。あっしに　ようでがすか？」

かためのくろねこが、のっそり　すがたを　あらわしました。
下《した》から　ぐいと　もちあげてくる　ふてぶてしい
かお。いかにも　けんかが　つよそうです。

「なるほど　ねえ。」

しょちょうの　せつめいに、クロは　はなひげを
しごきました。

「わかりやした、しょちょうさん。あっしが　そい
つの　まぶたを　おもいっきり　ひっかきやしょう。
それで　そいつが　ひーっと　たおれたところへ……。
あんたさんたちが　どっと。」

「そうしていただければ　おおだすかりです。」

しょちょうは、うまれて　はじめて、ねこに　あたまを　さげました。

「これは　ごていねいに。じゃが、あたまを
さげていただくのは、あっしじゃない。
この手《て》です。しょちょうさん。」
クロは、にやりと　わらったかと
おもうと、いきなり　左手《ひだりて》で
すぼんと　右手《みぎて》を　ぬきました。
「うわーっ。」
しょちょうは、おもわず　のけぞりました。

目《め》の　まえの　テーブルに、くろい
ねこの手《て》が　ひこひこしています。

「いやあ、ちょっと　おどかしすぎましたかな。すまん、この　とおりだ。」

クロは、左手《ひだりて》を　おでこに　あてました。

たまこさんは、くちに　手《て》を　あて、わらいをこらえています。

「それでは、さっそくですが　この　けいやくしょに　サインを　おねがいします。」

たまこさんは、しょちょうに　けいやくしょをわたしました。

けいやくしょ

- ねこの手《て》やの ひみつをもらしてはいけない。
- ねこが ニンゲンの ことばをはなすことをもらしてはいけない。
- みちで ねころんでは いけない。
- ねこの手《て》に いぬのあしをもませてはいけない
- ねこの手《て》をよびすてにしては いけない。
- ねこなでごえで ねこの手《て》をよんではいけない。

しょちょうは、けいやくしょに サインしました。

「それでは、ねこの手《て》の　クロちゃん　がんばって
きてね。」
「へい。たまこさん。」
くろねこの　手《て》が　ぴょこんと　あたまを　さげ
ました。さげたのは　つめのある　ほうです。
「それじゃ、おかりいたします。」
しょちょうは、ねこの手《て》の　クロを　ハンカチに
くるみ、ポケットに　しまいました。

「いってらっしゃーい。」

「いってきな。」

ねこの　クロも、たまこさんの　となりで　手《て》を

ふっています。

「いそがなくっちゃ。」

しょちょうは、とおりに　とびだすと、すぐに

タクシーに　とびこみました。

「げんばへ　いそいでくれ！」

「げんばって……？」

タクシーの　うんてんしゅは、
ぽかーんと　しています。

「げんばと　いえば、げんばだっ！」
あせっている　しょちょうは、じぶんが
なにを　いっているのか　わかっていません。
そのとき、しょちょうの　ポケットから
しぶいこえが　めいれいしました。
「ぎんこうごうとうが　ひとじちを
とっているところよ。」
「ひえーっ。」

うんてんしゅは、ひめいをあげ、
アクセルを　ふみました。

おばけと　ぎんこうごうとうの
なかまが、いっしょに
のりこんできたと
おもったからです。
「たすけて、ゆるして、
ごめんなさーい。はしります、
はしります、とばします。」
タクシーは　めちゃくちゃに

まちを　はしりだしました。
その　スピード。
「いいぞ、いいぞ。」
しょちょうは、うれしくて
うしろから　うんてんせきを
がんがん　けりました。

そればかりでは　ありません。
けるごとに　こうふんし、こんなことまで　わめきました。
「赤《あか》しんごうが　なんだ。けいさつが　なんだ。パトカーが　なんだ。かまわん、もっと　がんがんぶっとばせ！」
うんてんしゅは、いわれるままに、がんがんぶっとばしました。

ひとと　いぬを
でんちゅうに　かけのぼらせ、
赤《あか》しんごうを　青《あお》ざめさせ、
かんばんを　ぶっとばし……。

パトカーが　おってきました。
「まえを　いく　タクシー
とまりなさい。
一〇〇キロの　スピードいはんです。
とまらないと　めんきょを
とりあげます！」
うんてんしゅは、あわてて
きゅうブレーキを　ふみました。

めんきょを
とりあげられたら、
タクシーの
うんてんしゅを
やめなければ
なりません。
「とまるなー。
はしれー！」

とまった　うんてんしゅに、うしろから　がなりごえが　しました。

「し、しかし……。」

「しかしも、おかしも　だがしも　あるか！」

「そう　いわれましても……。」

おろおろする　うんてんしゅに、また　あのこえが　しました。

「あんたさん、はしったほうが　ええのと　ちゃいますか。」
「はいーっ！」
うんてんしゅは
アクセルを
ふんでいました。

ぶぉーん。
ハンドルを　にぎる　うんてんしゅは、かおも
青《あお》ざめました。
うしろからは　パトカーが。
くるまの　中《なか》には、ぎんこうごうとうの　なかま
と　おばけが　のっていると　おもっています。
ただ　つっぱしるしか　ありません。
「とまれ、とまれ。その　タクシー　とまれー。」

パトカーが　スピードを　あげ、タクシーの　ま
よこに　ぴたりと　ならびました。

そして……。
どかーん。

パトカーは　でんちゅうに　ぶつかり　ひっくりかえりました。
しょちょうが、タカよりも　するどい目《め》で、パトカーを　にらんでいたからです。

「ごくろうだった。」
しょちょうは　タクシーを
おりると、　ゆっくりあるきだしました。

ぶかたちが　つぎつぎに　けいれいします。

しょちょうは、うんと　うなずくだけです。

ふくしょちょうが、あわてて　かけよってきました。

「ほうこくいたします。」

「うん。」

しょちょうは、おもおもしく
あごを　ひきました。

「じけんは、まだ、つまり、その、あの、えーと。」

「かいけつして　いないんだな。」

「ははーっ。」
ふくしょちょうは、さっと　あとずさりました。
ごつんと、げんこつを　くらうと　おもった　から
です。
でも、しょちょうは　おだやかに　いいました。
「わがはいが、かいけつしよう。じかんは　一〇ぷ
んご。けいさつかんを　なるべく　はんにんの　ち
かくに　よせておきたまえ。」

「それは　きけんです。　はんにんが　おこり、むすめさんを　ナイフで　さします。」

「そのまえに、わがはいが　たすけだす。」

「どのように　してでしょう？」

ふくしょちょうは、しんじられない　目《め》で　しょちょうを　みました。

「それは　わがはいが　しょちょうだからだ。それが　こたえだ。」

しょちょうは、
ぐいと　むねを
そらしました。

だれからも　みえない
パトカーの　かげ。
しょちょうは　ハンカチを　ひらきました。

「それじゃ、クロさん　たのむよ。」

「まかせときな。しょちょうさん。」

じしんたっぷりな　こえが　しました。

いいえ、そのときには、もう
こえの　ぬしは　さっと
きえていました。

「さすがだ。」

しょちょうは　うなりました。

ごうとうは、ぎくっと　くびを　すくめました。

かたの　うしろから、こえが　してきたからです。

「よう　おっちゃん。ちゃん　ちゃん　すてれこちゃん。おんなを　いじめる　よわむしちゃん。」

「……な、ななんだ、てめえは。」

ごうとうは、やっと　こえを　しぼりだしました。

むりは　ありません。

うしろは、すぐ　かべになっていました。ひとが

わりこめる　すきまなど、
ぜったいに　ありません。

ムシャ　トカゲなら　ともかく。
でも、そいつは……。
にんげんの　ことばを　しゃべりました。
（……お、おばけか？）
おとこの　はが　がちがちと　おとを
たてはじめました。
あしも　ぶるぶる　ふるえています。
それでも、ごうとうは　あくにんの　なかのあくにんでした。

ナイフを　くちに　くわえ、そっと　かたの　うしろへ　手《て》を　まわしました。

（ひっ！）

けの　あるものが、ぴくんと　うごきました。

（ば、け、も、の、だ！）

おとこは　目《め》が　つりあがりました。

それが　わかったのでしょうか。
そいつは　いいました。
「そうよ、おれは　ばけものよ。おれの　いうこと

を　きかないと、おまえの　のどを　かききってやる。と、おもったが……。きょうは　ちと　きがかわった。ナイフを　すて、こう　さけべば　たすけてやる。」

「な、なんと　さけべばいいのでしょう。おばけさま。」

おとこは、おばけに　さまを　つけていました。

「それはだなあ。」

ばけものは、もぞもぞと　みみの　うしろまで
のぼってくると、ひそひそごえで　いいました。
「わ、わかりました。そういえば　よろしいのです
ね。おばけさま。」
ごうとうは、ナイフを　おもいきり　ほおりあげ
ると……。
おこった　ゴリラよりも　おおごえで　さけびま
した。

「たまこさん、すてきー。」
「いまだ、とりおさえろ！」
しょちょうの　こえが　ひびきわたりました。

「まあ、クロちゃんったら……。」
じけん　げんばからの
テレビを　みていた
たまこさんは　ぽっと
かおを　赤《あか》らめました。
そして、赤《あか》らめたまま、
ねこの　たまに
なりました。

「お、おれが　いわせたんじゃ
ないからな。」
あわてて　くびを　ふる
クロも　まっ赤《か》です。
いろが　くろすぎて
よく　わかりませんが。

「じゃ、だれが　いわせたんだい？」

きじねこの　ケンが、にやにや　クロを　ふりかえりました。

「こ、この、右手《みぎて》が　かってに　いったんだ。」

「ほほう。クロくんじゃなくて　おもどりの
右手《みぎて》がね。それじゃ　しっかり　右手《みぎて》を　しからなくちゃいかん。」

チップス

「そうね。しからなくちゃ　いけないわ。」

みけねこの　シンデレラも　こくんと　うなずきました。

そして、クロの　右手《みぎて》を　ちょっとにらむと……、
あまーい　ねこなでごえで　いいました。

「あなたの　おなまえは　なんておっしゃるの？」

「クロです。」

クロは、もっと　まっ赤《か》に　なったようです。

おしまい

内田麟太郎（うちだ・りんたろう）　**作者**
1941年、福岡県に生まれる。詩人、絵詞（えことば）作家。『さかさまライオン』（童心社）で絵本にっぽん賞、『うそつきのつき』（文溪堂）で小学館児童出版文化賞、『がたごとがたごと』（童心社）で日本絵本賞を受賞。ほかに『ぽっかりつきがでましたら』（文研出版）、『おれたちともだち』シリーズ（偕成社）など多数ある。日本児童文学者協会会員。

川端理絵（かわばた・りえ）　**画家**
1974年、東京都に生まれる。グラフィックデザイナーを経て、イラストレーターになり、現在、絵本を中心に活躍中。主な作品に『いろはかるた だじゃれゆうえんち』（民衆社）、『サクランボの絵本』（農文協）、紙芝居『しらないひとにきをつけて』（教育画劇）などがある。
http://ameblo.jp/kawababatarie/

わくわくえどうわ
ねこの手かします
作　者　内田麟太郎
画　家　川端理絵

2008年 6月30日　第1刷
2014年 9月30日　第9刷
NDC913　A5判　80P　22cm
ISBN978-4-580-82034-0

発行者　佐藤徹哉
発行所　**文研出版**　〒113-0023 東京都文京区向丘2－3－10　☎(03)3814-6277
〒543-0052 大阪市天王寺区大道4－3－25　☎(06)6779-1531
http://www.shinko-keirin.co.jp/
印刷所　株式会社太洋社　製本所　株式会社太洋社